Manège
en folie !

Auteur : Yvon Brochu
Illustrations : Marie-Claude Demers

L'Alphabet sur mille pattes

Dans la collection
L'Alphabet sur mille
pattes, des animaux
rigolos vivent des
aventures drôles,
drôles, drôles!

Ils sont 26.

Découvre l'histoire de
Jules, de **K**iki
et de **L**ouis,
dans le Parc
des mille pattes.

Chapitre 1

Jules
le génie des jouets géants

Jules porte des bois sur sa tête, comme une couronne de roi. La forêt est son royaume.

– Vive Jules!

– Vive monsieur Jujube!

Eh oui, on l'appelle aussi «monsieur Jujube», car il adore les jujubes juteux. Surtout les jaunes. Et ceux qui sont faits avec du jus d'orange.

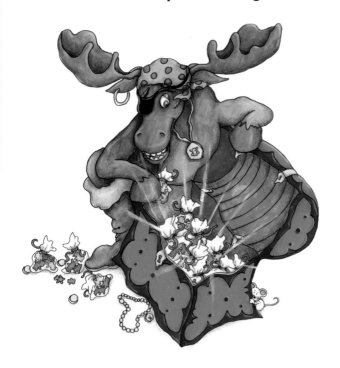

Pour Jules, un jujube, c'est encore plus beau qu'un joyau.

Monsieur Jujube est un héros pour tous les animaux du Parc des mille pattes.

Jules a fait de sa forêt un énorme jouet.

La forêt, c'est son joujou de tous les jours.

Il invente de jolis manèges.

C'est un génie !

Jules a peut-être l'air triste avec ses grosses bajoues.

Mais il a toujours le cœur joyeux.

Monsieur Jujube fait même de la musique. Il joue de la ruine-babine pour la plus grande joie de ses amis.

Et, chaque jeudi, Jules met en marche tous ses manèges. C'est la fête!

Son coin de forêt devient un vrai jardin de rires.

Voilà pourquoi Jules reste jeune, jeune, jeune...

Aujourd'hui, justement, c'est jeudi.
Jules est fou de joie. Il jubile.

Pour la première fois, il montre à ses
amis le tout dernier jouet qu'il a fait:
une grande roue.

Monsieur Jujube monte donc dans
son nouveau manège. Il doit faire
un premier tour, tout seul. C'est une
question de sécurité.

Il dépose une
boîte et son sac
de jujubes sur le
banc.

Aussitôt, Jules joue avec la manette.

Et hop ! voilà monsieur Jujube les jambes en l'air, dans son nouveau joujou.

– Bravo ! crient les animaux.

Jules revient vers le sol.

Tout à coup, une perche apparaît.
Le sac de jujubes s'envole au bout
du bâton.

– Au voleur! dit une fauvette perchée
sur la tête de Jules.

– Venez vite dans le bosquet! lancent
ses deux autres amies. Il est ici!

Jules arrête la grande roue. Il fonce droit vers le bosquet et retrouve vite ses jujubes.

Mais pas le voleur!

Soudain, la grande roue se remet à tourner.

Une voix taquine tombe alors du ciel.

– Hi, hi, hi! Je t'ai joué un bon tour, mon Jules! Hi, hi, hi!

Les animaux regardent tout en haut de la grande roue.

Un renard roux est assis à la place de Jules. Il joue avec la manette.

– Ah non! se fâche Jules. Pas encore toi!... Descends tout de suite!

MAIS QUI EST DONC CE RENARD ROUX DANS LA GRANDE ROUE?

Chapitre 2

Kiki
le génie des bonnes blagues!

Kiki est aussi un héros pour tous les amis du Parc des mille pattes.

Ce renard roux joue de bons tours, tous les jours.

Kiki a beaucoup d'énergie et fait plein de folies.

Il n'y a pas plus drôle que lui. Un vrai génie !

Il rit comme une souris… «Hi, hi, hi!»

Il porte un képi, vert kaki. Un vieux chapeau tout troué.

Souvent, il se prend pour un kangourou et court par petits bonds.

Kiki adore le hockey.
Mais il patine comme
un kakatoès.

Kiki ne mange que du
fromage et des fruits,
surtout des kiwis.

Alors, même les poules l'adorent!

Un bien drôle de renard.

Kiki est aussi un très bon ami de Jules.

Avec Louis le corbeau, ils forment un fameux trio de génies.

Ce sont trois grands héros du Parc des mille pattes.

Mais aujourd'hui, jeudi, Jules trouve que Kiki n'est pas un génie.

– Kiki! crie Jules. Arrête de faire tourner ma grande roue aussi vite!

La grande roue craque de partout. On dirait des tonnes de biscuits secs qui se brisent en mille miettes.

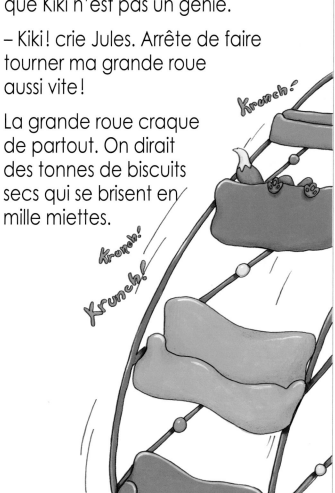

La foule rit un
bon coup.

Mais Jules ne rit pas du tout. Ni ses trois
amies fauvettes.

– Kiki! La grande
roue, ce n'est
pas un joujou!
Tu vas te casser
le cou!

Mais notre renard
roux continue
de s'amuser
comme un petit
fou.

Jules a peur pour Kiki.

Il a le cœur serré et lourd. Aussi lourd
qu'un jujube géant, qui pèse des
kilos et des kilos!

Les trois fauvettes sont aussi très inquiètes.

– Kiki va tomber!

– Il faut le sauver!

– Il faut trouver une solution!

Déjà, les petites cellules du cerveau de Jules font des bonds dans sa tête.

Tout à coup, il explose de joie.

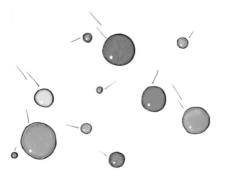

Jules a trouvé une idée géniale.

– Mes amies, allez vite porter ce message à Louis le corbeau. J'ai besoin de lui!

– C'est parti, mon kiki! lancent nos super fauvettes.

MAIS QUELLE EST DONC CETTE IDÉE DE JULES?

ET QUI EST LOUIS LE CORBEAU?

Chapitre 3

Louis
le génie des bons fromages

Aujourd'hui, jeudi, Louis le fromager est à l'ouvrage. Il utilise le lait qui vient des plus gentilles chèvres du Parc.

Il mêle à son lait de jolis pétales de fleurs sauvages.

Une recette… SECRÈTE.

– Chut !

Soudain, trois petites
fusées à plumes
s'arrêtent tout près
de Louis. Le fromager
lit le message que lui envoie son bon
ami Jules l'orignal.

Urgent!
Apporte gros
Fromage
Kiki en
Danger   Jules

Trois secondes plus tard...
VROUM!... Louis s'envole
derrière les trois fauvettes.

Trois minutes plus tard... HIIIIIII!!!... les trois fauvettes se posent sur la tête de Jules.

– Mission accomplie! Voici votre ami Louis et son fromage.

– Coucou, Louis! crie Kiki du haut de la grande roue, qui continue de craquer de partout.

Le corbeau lève la tête. Il voit le
renard roux, qui descend vers lui vite,
vite, vite.

– Quel beau fromage tu as dans le
bec! lance Kiki, qui approche de
Louis.

«Bravo! se dit Jules. Mon plan marche.
Kiki va devoir arrêter la grande roue
pour venir chercher le fromage.»

Kiki passe tout près du corbeau et de l'orignal.

– Attention, Louis! crie Jules. Recule vite!

Trop tard! Le renard allonge la patte et vole le fromage de Louis.

Puis, Kiki fait tourner la grande roue
encore plus vite. Aussi vite que la roue
d'un hamster en cage. En bas, les
animaux sont pris de panique.

Et soudain...

– Youhouuuu !
lance Kiki, qui
s'envole haut
dans le ciel.

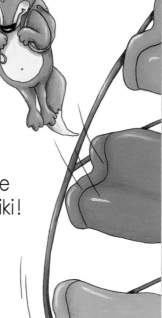

Jules, Louis et la foule
se disent : «Pauvre Kiki !
Il va mourir !»

Et pourtant, l'instant suivant...
le rusé renard roux tombe
du ciel... en parachute.

La foule explose de joie.
Même Jules et Louis.
C'est la fête !

L'Alphabet sur mille pattes

Auteur : Yvon Brochu

Catalogage avant publication de Bibliothèque et Archives nationales du Québec et Bibliothèque et Archives Canada

Brochu, Yvon

Manège en folie

(L'alphabet sur mille pattes; 4)
Pour enfants de 6 ans et plus.

ISBN 978-2-89591-109-8

I. Demers, Marie-Claude, 1970-   . II. Titre. III. Collection: Brochu, Yvon. Alphabet sur mille pattes; 4.

PS8553.R6M36 2011   jC843'.54   C2011-940671-3
PS9553.R6M36 2011

Correction et révision: Annie Pronovost

Tous droits réservés
Dépôts légaux: 3ᵉ trimestre 2011
Bibliothèque nationale du Québec
Bibliothèque nationale du Canada
ISBN: 978-2-89591-109-8

© 2011 Les éditions FouLire inc.
4339, rue des Bécassines
Québec (Québec) G1G 1V5
CANADA
Téléphone: 418 628-4029
Sans frais depuis l'Amérique du Nord: 1 877 628-4029
Télécopie: 418 628-4801
info@foulire.com

Les éditions FouLire reconnaissent l'aide financière du gouvernement du Canada par l'entremise du Programme d'aide au développement de l'industrie de l'édition (PADIÉ) pour leurs activités d'édition.

Elles remercient la Société de développement des entreprises culturelles du Québec (SODEC) pour son aide à l'édition et à la promotion.

Elles remercient également le Conseil des Arts du Canada de l'aide accordée à son programme de publication.

Gouvernement du Québec – Programme de crédit d'impôt pour l'édition de livres – gestion SODEC.

Imprimé avec des encres végétales sur du papier dépourvu d'acide et de chlore et contenant 10% de matières recyclées post-consommation.

MIXTE
Issu de sources responsables
FSC® C023527

IMPRIMÉ AU CANADA/PRINTED IN CANADA